ADONDE VAN LOS PINTORES ?

Fernando Martín Royo

FMR

ISBN-13: 9781234567890
ISBN-10: 1477123456

Cover design by: Art Painter
Library of Congress Control Number: 2018675309
Printed in the United States of America

CONTENTS

FERNANDO MARTÍN ROYO

1.- ESCULTURAS EN EL JARDÍN

Quizás no hubiera nacido esta narración, si el cura francisco Peñafiel ese domingo después de misa, no hubiera decidido visitar la ciudad vecina a su iglesia, ubicada a unos veinte kilómetros de ella.

La humilde iglesia en la que estaba ejerciendo su sacerdocio, se encontraba situada en la cima más alta de la comarca, era una bella zona, aunque algo solitaria, en verano era un lugar turístico, varios valles y casas de ve-raneo se veían a la distancia, en las faldas de las azulinas sierras, zona bien regada por varios arroyos, donde la gente acudía a pasar un fin de semana bajo los sauces llorones al borde de los murmullos de agua.

La iglesia, durante años solo había servido como referencia del entorno turístico. Parte de ella estaba construida con piedras de la zona y otra parte era de ladri-llos de adobe, igual su mobiliario, que pedía a gritos un mantenimiento, según decían los pobladores más viejos, había sido traído de una capilla incendiada perteneciente a una inmensa y antigua estancia de la época colonial.

Ese domingo, acompañado por Rogelio, compañero y amigo, adolescente delgado y tímido, ayudante, monaguillo, sacristán y chico de los mandados, que también ejercía las tareas de jardinero y que, por supuesto adoraba al cura, visitaron en la plaza del pueblo una feria de artesanos, esta, generalmente solo se hacía en verano, las ventas se incrementaban los fines de semana por la afluencia de turistas.

Casi al terminar de recorrerla, se entretuvieron mirando unos cuadros que al padre le parecieron bien pintados, —a él siempre le había interesado la pintura, incluso en su adolescencia había intentado estudiar, pero entre las no muy buenas opiniones respecto a sus obras y su llamado y vocación por la religión, lo hicieron pronto olvidar su deseo de pintar, pero siempre le gustaba observar algo que parecía tan simple y era tan difícil para quien no tuviera talento—.

El autor de esas pinturas era un señor con toda la apariencia de artista, vestido con alguna ropa descuidadas y al parecer de otras épocas, de cabellos largos y desprolija barba entre cana, el hombre, estaba enfrascado en una animada y cordial conversación con unos muchachos, con toda la apariencia de ser artesanos, compañeros de feria. Al ver al cura tan interesado en la pintura, los dejó y saludó al padre, tuvieron una buena conversación, el padre le manifestó que estaba interesado en uno de los cuadros, —un paisaje rural—, pero no traía dinero ahora.—¿Sería posible pasarlo a buscar en alguna dirección o que usted me lo alcance a la iglesia?

—Claro padre, para mí no hay problema, yo soy un caminante, mañana mismo se lo llevo antes de partir, me queda en el camino.

Al otro día a media mañana el pintor entró en el extenso terreno frente a la pintoresca iglesia, él viajaba en una casa rodante, no muy grande pero bien equipada, el cura salió a recibirlo, contento de tener el cuadro que por ahora colgaría en el comedor de la casa, ubicada detrás de la antigua y pintoresca iglesia.

En ese momento el pintor, encandilado y maravillado admiraba el lugar en que estaba enclavada la particular iglesia.

Algunos albañiles trabajaban dentro de ella, se notaba que habían hecho un gran trabajo en su interior, sus paredes todavía estaban sin pintar, su altar era pequeño, pero de madera exquisitamente labrada, solo un crucifijo no muy grande vestía el altar.

El cura le fue explicando todos los trabajos que había hecho, había recibido algunas donaciones de amigos de allá, de su lejana Italia, el artista se entusiasmó cuando entró al ver esas inmensas paredes recién refaccionadas, se le hizo agua la boca cuando vio esos inmensos espacios en blanco, de inmediato imaginó los murales que le podrían dar vida, así como estaba el interior no decía nada, salió entusiasmado del edificio; le haría una propuesta al cura, no debería dejar pasar esta oportunidad.

El cura en ese momento, venía de la casa con el dinero del cuadro en la mano.

—Guárdelo padre, me voy a quedar un tiempo por aquí, la pintura se la obsequio, usted me cae bien, aparte tenemos que hablar de inmediato. —Casi a la fuerza tomándolo del brazo, lo llevó al interior, el cura estaba perplejo, no entendía que es lo que le pasaba al hombre.

Apenas traspasaron la puerta el pintor sin soltarlo de su brazo, con el izquierdo le señaló la totalidad del interior y le preguntó.

—Que ve acá adentro. —El cura asombrado no sabía que responder, incluso miró en forma minuciosa las altas paredes en busca de alguna imperfección o una inoportuna rajadura.

—Nada, solo las paredes y el altar —contestó por fin.

—Exacto, no hay nada y si no hay nada no se siente nada, dígame, por más conmovedora que sea la misa, quien se va a emocionar, si aquí no hay nada, padre dígame, si a la fe no se la ayuda, a quien le va a llegar, aquí falta motivación, esto tiene que ser un lugar especial, a este lugar la gente se viene a confesar, aquí se desnudan espiritualmente, los tiene que ayudar padre, debe ser un lugar especial, atractivo, que se sientan cómodos y los atraiga, si, ya se, está confundido, se debe estar preguntando de que habla este loco, bueno yo se lo digo enseguida. . . .

Aquí chocamos con un problema, es una especie de confesión, yo creo en Dios, pero en mi vida siempre discutí antes de entrar a una iglesia, soy un espíritu libre y no me gusta que me impongan historias solo sustentadas por dogmas, pero dejemos eso para más tarde, lo que quiero decirle es que yo sé mucho de historia religiosa y también conocí algunos personajes importantes pertenecientes a ella, de todas maneras, usted me deberá ayudar, pero que le parece en la bóveda del techo un San Pedro, que mira directamente a los ojos de los asistentes, y en aquel rincón una maría magdalena que mira con ojos amorosos y con temor a su amado Jesús, crucificado en su tosca cruz, ubicada sobre el altar, mientras dos soldados romanos de inmensas lanzas custodian que nadie se acerque, todo el cielo abovedado celeste con esponjosas nubes y ángeles en medio de una lluvia de pétalos, esperando el alma del crucificado, mientras una luz deslumbrante los ilumina a todos, sobre todo una historia sobre el génesis en medio del techo, una corte de santos puede estar observando la escena sobre estos dos costados y la virgen maría aquí arriba de la puerta mirando el altar y no se muchas cosas más que usted me ayude a ubicar, le garantizo que en un año será la iglesia más hermosa y famosa del mundo, tendrá que dar tantas misas que se quedará afónico y dios lo bendecirá todas las mañanas cuando usted entre.

Eso no es nada, imagine las ofrendas, con eso podrá hacer más obras que el mismo vaticano, se lo aseguro.

El cura seguía mirándolo asombrado, todavía no aterrizaba, quien le había mandado a este ser, lo estaba empezando a emocionar con todo lo que decía, pero no quería convertir su pequeña iglesia de la época colonial en una mini Disneylandia, ese era un templo para recordar las palabras del hijo de Dios, y para quien tuviera necesidad de recogerse en el para recibir consuelo y consejos de él.

«No, se negaría, el templo no era para eso. Sin embargo, algo de esa idea bailoteaba en su cabeza, después de todo, pintar imágenes religiosas no era un pecado, y tenía razón, las paredes blancas no transmitían mucho más que paz, unas buenas pinturas ilustrarían más sus sermones dominicales, aparte si las pinturas eran buenas, podía atraer una buena cantidad de turistas, las propinas aumentarían y con eso podría hacer otras cosas.»

«Pero existía un problema, que no era pequeño, ¿Cuánto costaría pintar y decorar el templo?» Veríamos que decía el artista, suponía que tendría la solución también a eso.

Lo invitó a comer, la comida era sencilla, un plato de sopa y otro de fideos con verduras, preparados por doña Josefa, la señora encargada de la limpieza y la alimentación del cura y su sacristán, ambos, a veces cobraban un sueldo y generalmente debían esperar a que el padre juntase el dinero para ello.

Durante el almuerzo, bien regado, —el pintor había sacado de su caravana una buena botella de Chianti—, conversaron, mejor dicho, el pintor siguió entusiasmando al padre sobre la necesidad de hacer esa obra en las paredes del templo, el cura solo abrió la boca para preguntar cuánto costaría ese trabajo, el pintor pareció no escucharlo hasta que terminó su discurso. Allí lo miró fijo y con una sonrisa le dijo en tono de secreto.

—Yo lo pinto gratis, solo me permite ingresar al fondo del terreno con la caravana, que es mi casa, no lo voy a molestar, ni siquiera me va a ver para las misas, ya le dije que yo con la iglesia, si ella no se mete conmigo, yo no me meto con ella y en cuanto al trabajo, por mi parte no le cobro hasta que esté terminada toda la decoración, allí va a tener tantas visitas queriendo ver esta iglesia, que el dinero no va a saber en qué gastarlo, allí veremos cómo me paga, no me pregunte cuanto será porque no tengo ni idea.

—Pero el material balbuceó el cura, como hacemos, allí hay que gastar y las arcas están vacías, gaste mucho en las reformas.

—Bueno ya pensaremos como conseguirlo,

por lo pronto usted puede ir poniendo en antecedente a sus fieles, que aumenten las propinas, compraremos lo que podamos como para empezar, luego aparecerán más donativos cuando vean el avance de la obra, yo no me preocuparía, además padre, desde el cielo nos ven, ya nos mandaran ayuda cuando la necesitemos, de todas maneras, debo hacerlo, creo que con esta obra me gano un lugarcito allá arriba, ¡salud! Socio. Eso sí, déjeme tres o cuatro días para tomar medidas y al menos hacer algunos bocetos, luego haremos uno final con mejores detalles, usted mientras vaya viendo donde conseguir algo de dinero.

Una semana después, sentados en una mesa colocada bajo el viejo sauce, donde el pintor se cobijaba y vivía en su caravana, los socios se sentaron a tomar unos vinos y discutir los primeros bocetos, fue una discusión difícil, aparecieron los dogmas, estos eran inamovibles, el calor de la discusión hiso renacer en los dos la sangre latina, fue el momento en el que los dos comenzaron a hablar en italiano, el cura extrañado escuchaba las palabras del pintor, le sonaban a un idioma ya olvidado, de todas maneras se entendían y el pintor tuvo que dar el brazo a torcer en varias cuestiones, de todas maneras, la idea apareció y la fueron armando.

El cura consiguió algo de dinero y con él algunos baldes de pintura, pasados quince días de su nacimiento, la labor comenzó, con la ayuda del sacristán armaron un improvisado andamio con algunos troncos que encontraron por el vasto terreno perteneciente a la iglesia, de todas maneras, necesitarían algo mejor para llegar al techo, —ya verían cómo se las arreglaban—.

El trabajo empezó a avanzar, y el cura intentaba adivinar toda esa historia que estaba creciendo en los muros de su iglesia, se comenzó a entusiasmar y a veces la emoción le ganaba, «este hombre si sabe pintar», se decía emocionado al ver los seguros trazos en las paredes blancas.

Los domingos, estaba empezando a venir algo más de fieles, pese a que todavía no era época de turismo.

El artista avanzaba en su obra, a veces no estaba conforme con lo realizado ese día y para desesperación del cura, pintaba todo lo echo otra vez de blanco, para de nuevo comenzar, debía quedar perfecto, era una tarea difícil la que había iniciado, las figuras debían tener cada una, una perspectiva distinta según el ángulo en la que quedaban al mirarlas desde abajo.

El pintor vivía feliz en su caravana estacionada bajo el viejo y frondoso sauce, nunca se había sentido tan libre, vivir en la naturaleza, haciendo lo que le gustaba y peleando amistosamente con el padre cuando hablaban de filosofía y religión, era lo máximo que un espíritu libre podía pretender.

Cuando el trabajo iba avanzando y subiendo

a la parte superior, donde se les presentaría el problema de conseguir un andamio que les permitiera llegar a la bóveda que conformaba el techo, llegó el verano y con él los ansiados turistas, como el pintor se lo había anticipado, la iglesia comenzó a recibir cada vez más fieles y turistas, la voz se había comenzado a correr y los curiosos venían a ver las pinturas monumentales que se estaban desarrollando en el interior de la iglesia. Algunas personas salían emocionadas después de verlas y otras daban las bendiciones al pintor que las ejecutaba, todo marchaba sobre rieles, la recaudación lentamente aumentaba y ya no había problemas en conseguir materiales.

Una tarde, el padre, seguido de un hombre, serio Y de grandes bigotes blancos, acompañado de su esposa, una mujer más bien baja y regordeta, de cabello corto entrecano, le dijo que le quería presentar a unos asiduos concurrentes a las misas dominicales, conversaron unos minutos, el hombre, dueño de una empresa constructora manifestó su admiración por la obra y dijo ponerse a disposición de ellos para lo que necesitasen, el cura miraba con preocupación al artista, sabía que le pediría algo, no iba a dejar pasar la oportunidad y no se equivocó.

El pintor, miró de reojo al cura, cuando se dispuso a aprovechar el ofrecimiento, había que aprovechar la oportunidad, le hizo un ademan de que lo espere un instante, volvió de inmediato con el boceto de gran tamaño que tenía como guía, allí, detrás del cuadriculado que servía para elevarlo a la pared, estaba toda la historia desarrollada ahora en los muros, como dijimos, el techo era abovedado y era lo más complejo de dibujar y pintar, el pintor tendría que tener una base firme ya que estaba a unos doce metros del suelo, para eso necesitaban un buen andamio, según las averiguaciones que habían hecho salía carísimo su alquiler, cosa que en un segundo el hombre solucionó, diciendo.

—Mañana les mando un andamio móvil, es práctico porque el que este subido a él desde la canastilla lo puede manejar, —el pintor satisfecho le agradeció, al igual que el cura, —un chispazo le dijo en el oído al pintor que había que aprovechar las oportunidades— agregó.

—Y una pala mecánica también nos vendría bien, hay que nivelar el terreno, los visitantes cada vez son más y ya no tienen espacio para sus vehículos, —el hombre con una sonrisa asintió.

—Mañana tendrán todo, no se preocupen.

Como era previsible con su cara roja de vergüenza e ira con el pintor, el religioso los acompañó a su vehículo, cuando volvió le recrimino la imprudencia al pintor, que con una sonrisa le dijo.

—Vio yo le dije, está empezando a ocurrir, desde el cielo nos están mandando lo que necesitamos.

El cura tenía una rara sensación con el intrépido pintor, al que llamaba Pedro, pero algo le decía que ese no era su verdadero nombre, cuando el interior de la iglesia estaba bien avanzado, el pintor apareció con una pequeña escultura modelada en barro.

Debemos hacerla en piedra, acá cerca en aquellas montañas, hay una cantera de mármol, podemos comprar un buen bloque allí, yo les puedo enseñar a cortarlo y lo traemos aquí, mire lo podemos depositar allí en medio del parque, sería una vista espectacular, yo lo puedo esculpir en el mismo lugar y allí quedará, rodeado por un jardín, después más adelante veremos de esculpir algunas estatuas más, que tengan que ver con la iglesia, y que adornen el jardín, eso sumará, padre, su iglesia será la más famosa de todas, para eso hay que ir hasta el fondo, usted vio lo que está pasando con las pinturas y eso que todavía no terminé.

El cura estaba confundido, ¿de dónde había salido este personaje? y lo peor es que siempre tenía razón, su modo de hablar lo identificaba como su paisano, pero algunas de las palabras que usaba, ya no estaban en el vocabulario, eran antiguas, quizás de la época del renacimiento, de la época de los Médicis.

Pasaron ocho meses de febril trabajo, en el parque de la iglesia, ya casi terminada, lucía la magnífica estatua que el escultor todos los días febrilmente iba trabajando, el público visitante iba en aumento con cada golpe o pincelada del artista, hasta el obispo lo había venido a visitar, quedándose asombrado por la idea del cura, que no hacía más que celebrar misa tras misa y agradeciendo ese encuentro fortuito con el artista, las donaciones llovían de todas partes, el mármol era caro y eso ayudaba a pagarlo.

Pero, así como todo comenzó de improviso, todo terminó de igual manera. Una mañana neblinosa de invierno, tres años y medio después que el artista había aparecido en la vida del humilde cura, el artista se hizo presente en la cocina de la casa, donde el cura estaba esperando el desayuno de las manos de doña Josefa y le comunicó que ese día debía partir, lo lamentaba porque se había encariñado con el lugar, pero ya era mucho tiempo en un solo lugar, por eso tenía una caravana, su vida era viajar, no echaría raíces en ningún lugar, a lo mejor si puedo el año que viene paso, si podemos habrá que esculpir alguna escultura más para el parque y de paso me paga algo del dinero, lo que pueda, con poco me arreglo, yo solo uso el dinero para no perder tiempo en sobrevivir, así tengo más tiempo para el arte, mi pasión.

Por la tarde la camioneta vivienda, algo anquilosada por el tiempo que pasó estacionada bajo el viejo sauce, haciendo sonar su bocina anunciaba que partía, el cura salió a despedirse del artista y en tono cómplice le preguntó si ese era su verdadero nombre, el artista con una sonrisa en sus labios le contestó.

—No, le digo el verdadero, pero no saque

ninguna conclusión, solo acéptelo, ya que los que usted llama ángeles, me contactaron y me dijeron que lo ayude, bueno ya lo ve, tarea cumplida.

—Mi nombre verdadero es Miguel Ángel... Buonarroti y soy de Florencia.

2.- EL JARDÍN ESCONDIDO

La caminata, por esos parajes, me estaba haciendo bien, la había planeado hacía varios meses, pero por una u otra razón, la fui posponiendo, ahora con todo el trabajo acumulado que tenía, casi sigo posponiéndola, pero no, tuve un momento de claridad y lo que pospuse por fin, fue el trabajo.

El día estaba claro, solo alguna que otra nube decoraba el azul del cielo, el sol asolaba al paisaje, lo que me obligaba a buscar una sombra a cada rato, había subido a las alturas de un cerro, luego descendí a un sombreado valle, donde me refresqué en un pequeño arroyo con la idea de lanzarme a la conquista del siguiente cerro, se veía más salvaje que el primero. Ya en la cima, el panorama era espectacular, estaba en medio de la naturaleza, no se veía ni siquiera algún resto de civilización, éramos ella y yo. Mi sentido común me decía que para que no me atrape la noche en esas soledades, debía emprender la vuelta que, por otro lado, no estaba muy seguro por donde era.

No me importaba, pasaría la noche en algún lugar más o menos cómodo, no iba a desperdiciar mi tiempo en volver, seguiría adelante, aunque no sabía adonde iría a parar, tenía comida para algunos días y agua se conseguía en los arroyuelos, que bajaban apurados de las cumbres, sentí con urgencia la necesidad de alejarme de la civilización que me estaba anulando todos los sentidos, pensé en eso, cuando me di cuenta que los tenía despiertos —en realidad siempre los había tenido, solo que no los usaba.

Pasé dos días más caminando, perdí la cuenta de los cerros que subí y los que bajé, en las noches los ruidos en la oscuridad ya no me asustaban, me iba incorporando a la olvidada naturaleza, sentía ir integrándome a ella, la iba entendiendo.

Un día, a media mañana, cuando estaba buscando algún arroyo, encontré un árbol frutal, a pocos metros de un alegre y pequeñísimo arroyo que corría contento en su cauce de piedras, el árbol frutal, tenía unas pequeñas frutas que a primera vista eran deliciosas, los pájaros se habían dado un banquete con la mayoría, eran duraznos, lo cual me llamó la atención, encontrar un árbol de frutas tan finas, en medio de esa naturaleza salvaje, de todas maneras eso me alegró el día, me guardé dos de ellas para la caminata y con su dulce sabor y el agua que necesitaba partí hacia no sé dónde, después de subir una pequeña loma, me encontré con la sorpresa de ver otros tres árboles iguales y alrededor de ellos, como en un jardín, varios macizos de flores multicolores. No podía ser, allí estaba la mano del hombre, era innegable, miré a todos lados y no observé ningún vestigio, no vivía nadie por los alrededores, estaba solo.

Poco después, mientras tomaba un descanso, sentado en una inmensa piedra que se ubicaba como un trampolín, sobre un profundo precipicio que terminaba en un valle, allá abajo, me pareció ver unas huellas de algún vehículo, como una carreta y pisadas de caballo, alguien lo usaba y circulaba por ese valle, pensé en alejarme de allí, todavía no quería ver a nadie, me sentía muy bien solo, me acababa de abastecer con dos enormes truchas en un rio torrentoso y con eso tenía por lo menos para tres días, pero la curiosidad me venció y comencé a bajar de aquel cerro, cuando estaba a la mitad, vi algo que estaba antes allí y no me había dado cuenta; una finísima nube de humo ascendía elegante al cielo, esa era una señal, allí había alguien, mi curiosidad aumentó, ahora sí, quería conocer a quien vivía por esos parajes aislados.

Ya en horas de la tarde, divisé entre un bosque de inmensos árboles, una casa, pequeña en su dimensión, pero su entorno estaba cubierto de flores, todo era un inmenso jardín, la paleta de colores completa estaba allí, en el ambiente se respiraba el perfume emanado por ellas, cuando me acerqué más, vi a un hombre sentado en un sillón antiguo, estaba en medio del jardín, no me vio ya que estaba de espaldas, cuando lo saludé, se sorprendió, era un personaje de edad, de gran barba canosa, al igual que su abundante pelo, me saludó con su mano, en la que tenía un pincel, frente a él tenía un caballete que sostenía una pintura a medio acabar.

Me senté en una pequeña banqueta que me ofreció, el dejó su paleta y pincel sobre una mesita y llamó a la que era su criada. La mujer obesa, enfundada en un largo vestido negro, seguramente de moda en el siglo pasado, o más allá, desapareció de inmediato en busca de los dos tés solicitados, el hombre se caló un sombrero negro y con su poderosa voz, me invitó a caminar por su jardín que, era más grande de lo que se veía.

—Bien, cuénteme, usted quien es y de donde viene, —así comenzó nuestra conversación.

Luego de responder a su pregunta, me miró fijo, rascándose su tupida barba

— Y como se le ocurrió venir por este lugar, es un lugar lejano de su casa y solitario, recibimos pocos visitantes, aunque a veces alguno cae, como usted, desorientados, pero no se haga problemas, yo lo ayudaré, a propósito, lo invito a almorzar, Clementina tiene una mano endiablada para la cocina y si no, mire mi figura, aunque no debería comer, pero son vicios que uno trae desde la otra vida.

Me extrañó eso de la otra vida, por su ropa, de paño y corte muy antiguo, denotaban que venía de alguna cosmopolita ciudad, pero de algún siglo ya pasado, seguimos algunos minutos más, admirando sus flores, recién me di cuenta que estaban sembradas en macizos que por su colorido cada uno de ellos representaban una armonía, cada una por sí sola eran una obra de arte.

El almuerzo servido por Clementina fue un éxito, se sentía en el paladar el aroma de las hierbas, seguramente cultivadas en algún rincón del jardín y del vino con el que lo acompañamos ni hablar, lo mismo que el pan, cocinado en esos hornos de barro que les dan el sabor salvaje de la madera quemada en él.

Como imaginarán aquí la conversación recién comenzaba, a cada respuesta del pintor, fluían más preguntas, por eso acepté su invitación a pasar unos días en su acogedora casa —estoy necesitado de hablar algunas cosas con alguien mi amigo—, me dijo en tono de confesión.

Esa noche la pasé en una habitación no muy grande, tenía grandes ventanales que daban a la parte trasera de la casa, donde se divisaba la continuación del jardín, con grandes macizos de flores y una huerta muy bien cuidada, un inmenso estanque en medio, poblado de multicolores nenúfares, me dio la pista de quien podía ser discípulo este señor, en la habitación solo había una antigua cama de hierro, una mesa y una silla, todo lo demás estaba ocupado por centenares de pinturas en pilas que casi llegaban al techo, en un momento pensé que el fuerte aroma a flores emanaba de ellas.

A la mañana, me esperaba una mesa para desayunar con exquisitos manjares caseros salidos de esa cocina campesina, desayuné solo, el hombre llegó un poco más tarde en una calesa tirada por un soberbio caballo blanco, sin dudas, la protagonista de las huellas que había visto desde arriba del cerro, traía un canasto cargado de frutas y verduras y en otro un par de pescados y algo de carne, según me dijo al ver mi sorpresa, tenía, al borde de un rio cercano, una pequeña chacra que le trabajaba un señor llamado José, era un excelente agricultor y vivía en ella, de allí se proveía una vez por semana y el resto de los días solo los dedicaba a pintar, su pasión.

—Pintar hasta morir, es la única manera de consumir esta pasión mi amigo, pero yo ya me extralimité, ahora debo decir, pintar hasta el infinito —

«Extraña definición la de este señor, nunca vi a alguien tan apasionado por algo».

—Y usted a que se dedica mi amigo, cuénteme, hace tanto tiempo que no recibo noticias del mundo exterior, tampoco me importa mucho recibirlas, ya no es mi mundo, ya encontré mi lugar, es este, aquí viviré por siempre acompañado por la maravillosa Clementina y mis pinturas, no me interesa nada más.

Yo no sabía que palabras buscar, para explicarle a este hombre, cual era mi profesión,

Al parecer, llevaba tantos años aislado que quizás no conociera alguno de los nuevos trabajos, como el mío de ingeniero en sistemas. Me costó trabajo explicarle, pero tuve que hacerlo, al parecer me prestaba atención, eso sí mientras yo me esforzaba en explicarle, el pintaba y parecía muy concentrado en lo que hacía, de vez en cuando sin dejar de mirar lo que hacía, me preguntaba algo, después de un rato consideré que mi explicación era suficiente de acuerdo al interés que él me prestaba, me quedé con la duda si había entendido a lo que yo me dedicaba.

Al mediodía Clementina nos sirvió el almuerzo en medio del jardín, habían colocado una inmensa mesa de madera, con regias tallas en sus patas en medio de uno de los macizos de flores, allí con el marco de las cercanas montañas, el cielo celeste, las nubes circulando morosamente por él y el colorido, más el aroma de las flores, me hizo sentir por primera vez que estábamos en otra dimensión, no podía ser en esas soledades que todo fuera tan perfecto.

Luego del almuerzo y con la morosidad que nos daba el vino, salimos una vez más a dar un paseo por el jardín, que era más grande de lo que yo había visto, más allá llegamos a una plantación de árboles frutales, allí vi varios durazneros como los que había visto en el camino, algunas hectáreas de vides, proveían la materia para el excelente vino que tomamos en el almuerzo, en realidad esto era muy parecido al paraíso según lo que había escuchado de él. Durante la tarde, decidió tomarse un descanso y seguimos viendo las instalaciones de ese lugar increíble, sus establos, donde hacían unos quesos deliciosos y las vacas parecían verse felices, en un momento me dijo.

—Se da cuenta porque de aquí no me moveré, se puede pedir algo más de lo que tengo aquí, evidentemente no para mí, ahora seguramente algún inconforme que no tenga el espíritu lleno como me lo llena mis pinturas, puede ser que necesite algo más, pero así se les va la vida buscando cosas sin saber qué es lo que necesitan.

A estas alturas no sabía bien que preguntarle, por ejemplo, podría decirle, porque a este lugar lo iluminaba una luz que no era la normal, esta luz irradiaba paz, bienestar, era como si fuera subiendo o bajando, según el estado de animo de uno, había cosas que eran distintas, cuanto más tiempo pasaba, me iba dando cuenta de alguna de ellas, el a veces levantaba su cabeza y me miraba sonriendo con una enigmática sonrisa.

Yo ya estaba sintiendo esa sensación que él me contaba, no quería volver a mi enloquecido mundo, esta me parecía la vida perfecta, pero dudaba, «me decía soy joven todavía cual sería mi futuro aquí, por lo menos si tuviera una habilidad manual, estaría ocupado».

Esa noche, sentados en el jardín, saboreando otra botella del aterciopelado vino, mientras las estrellas nos iluminaban, me llamó la atención lo grande y luminosas que se veían, parecía otro cielo, el hombre dormitaba en su sillón, «demasiado vino» pensé y recordé que todavía no sabía su nombre, era extraño, ya hacía más de veinticuatro horas que había llegado y no me lo había dicho, «cuando despierte se lo preguntaré, quiero conservarlo en mi recuerdo por su nombre».

Cuando el pintor despertó, me pidió perdón, no era importante para mí, así que iniciamos otra conversación, la verdad me sentía tan cómodo que quería aprovechar el tiempo en ese agradable lugar y la compañía de ese hombre que, aunque era callado me transmitía tanta paz y sabiduría, me acordé y le pregunté su nombre, mientras, él me miraba, con una sonrisa casi imperceptible.

—Aquí eso no importa, no se usan, lo importante es lo que eres y lo que se dejó atrás, son importantes los hechos, pero no los nombres, tu solo, un día sabrás cual es mi nombre, de todas maneras, de nada te servirá saberlo, pero sí te puedo decir el nombre de mi perro, abras notado que no se despega ni un minuto de nosotros, es un fiel compañero y le tuve que poner un nombre para poder nombrarlo, de lo contrario no lo podría llamar, el si cuando quiere mi atención, solo con un ladrido le basta. Se llama "hueso", es gracioso, eso es lo que lo hace más feliz en su vida

Tanto como para tener un tema de conversación, le pregunté por dónde seguía el camino para salir de estas montañas, pregunta que le pareció algo extraña, al parecer por la forma en que me miró.

—De aquí no se sale mi amigo, sí, hay un camino, es hacia allí, pero ese no es de salida, todo lo contrario, es de entrada, pero yo le recomendaría que no lo use, quédese un tiempo más conmigo, últimamente estuve muy solo, pasaron varias personas, pero ninguna se quedó, todas parecían muy confundidas y apuradas por encontrar la salida, le digo, cuando uno llega a este lugar, ya no hay retorno, ¿usted por qué vino, se acuerda?

En ese punto estaba bastante confundido, no terminaba de entender lo que me quería decir, me hablaba como si yo supiera lo que pasaba en este lugar, yo lo único que sabía era que me agradaba y me sentía en paz. El motivo del viaje había sido el de quitarme de encima el estrés de la ciudad y de mi complicado trabajo, ahora estaba seguro de volver a mis actividades con la mente transformada y limpia como la de un bebe.

El hombre que no quería decir su nombre, parecía leer mis pensamientos, mientras acomodaba sus pinturas y pinceles, para al otro día comenzar como todos los días con su labor, sonreía socarronamente.

Al otro día muy temprano, cuando salí al jardín a desayunar, allí estaba, sentado en su sillón coronado con un sombrero de ala ancha de paja, pintaba serenamente con ligeros trazos y a mano alzada, era una laguna cubierta de esas hermosas flores multicolores, no me animé ni a saludarlo, me senté en la mesa a su lado y mientras desayunaba veía el genio de ese hombre, era verdaderamente hermoso lo que hacía. Después de algunos minutos se detuvo y mirándome me preguntó.

—Buenos días, durmió bien al parecer, me imagino que la noche habrá hablado con usted, o usted con la noche, en ese caso, ya sabrá por qué está aquí, es importante que lo sepa, su futuro depende de ello.

—Bueno yo estoy aquí por decisión propia, simplemente salí a caminar y aquí estoy en este lugar maravilloso.

El hombre sonrió y dándose vuelta para mirarme fijo a los ojos, dijo.

—Usted no está aquí por decisión propia, usted fue elegido para estar aquí, claro que la última decisión es la suya, se queda o sigue por allí, por el camino que lo llevará al sector de gente de baja estima, la que casi no tiene alma, allí se aburrirá créame, caerá en una sociedad como de la que está tratando de escapar, aquí usted podrá cultivar su espíritu hasta el infinito, ya ve como es mi vida, aquí viviré por siempre haciendo lo único que quiero hacer, déjeme decirle; acá estamos en otra dimensión, por eso lo de la luz especial y las enormes estrellas, usted, para el mundo en que vivía está muerto, sí señor, murió para todos los que lo conocían, usted eligió estar aquí por sus virtudes y su espíritu libre.

Le recomiendo que cierre la boca, porque aquí es otra dimensión, pero también hay moscas. Usted es un elegido, busque su vida por aquí ahora y vivirá en paz toda la eternidad yo le iré presentando gente conocida que lo ayudaran a encontrar su camino de salida como usted pretende, este es otro mundo señor, usted se lo ganó, felicítese; cuando salga de su asombro, le explicaré algunas cositas más.

A propósito, usted quería saber mi nombre, bueno, aunque no le sirva de mucho igual se lo diré, en el mundo del que usted acaba de venir, me llamaban ***Claude Monet***, ¿le suena?

3.- UN TOQUE DE OCRE

Se despertó en medio de la noche, asustado, nervioso, se tranquilizó algo al ver que estaba en su cama, miró el techo y vio la mancha de humedad que todas las noches al acostarse veía, si, era su casa.

Se levantó y se dirigió a la cocina a tomar un vaso de agua, el sueño que había tenido todavía lo tenía alterado, había sido de imágenes vívidas, tanto que dudaba si en realidad eso no había sido real y realmente le había pasado, lo peor era que ahora le costaría retomar el sueño, sería una noche larga, «bueno quizás sea mejor así, si fue un sueño, no podrá continuar y me dejará descansar», reflexionó.

Su trabajo en publicidad, en estos días era

de mucho estrés, estaban creando una campaña para un nuevo cliente y de eso dependía un mayor volumen de trabajo, él era parte del departamento creativo y tenían que hacer una presentación en pocos días. El estrés y la presión, lo tenían al borde de la locura.

Esa noche se tuvo que quedar en la oficina, un par de horas después de su horario, cuando salió, decidió caminar unas cuadras hasta su casa, en el camino, al pasar por un bar, decidió entrar a comer un sándwich y una cerveza, la noche de primavera era agradable, ya no se acordaba de su sueño.

Sentado en una mesa junto a la vidriera, mientras esperaba su pedido, miraba pasar a los transeúntes, a esas horas en que cambiaba la fisonomía de la ciudad, solo se veía algún solitario empleado que con cara cansada y a paso firme se dirigía a su hogar, o un solitario y delgado adolescente camino a alguna escuela nocturna o enamoradas parejas de novios, recién encontrados, caminando vaya a saber uno hacia dónde.

Cuando se cansó de ver transeúntes, comenzó a ver los inmensos carteles publicitarios, que llenaban la noche de color, se detuvo en uno inmenso que desde lo alto de la vereda del frente, exhibía a una chica de largas piernas, mostrando y diciendo que sus medias eran las mejores, sonrió al ver algunos defectos en el cartel, —recordemos que la publicidad era su trabajo—.

El mozo se acercó con su pedido y él le

agradeció con una sonrisa, cuando tomó el apetitoso sándwich, al levantar la vista, observó con no poca sorpresa que la chica ya no lo miraba, en su lugar había una propaganda de una exposición de pintura, era de un famoso pintor europeo de la primera mitad del siglo veinte, la foto del artista, de ojillos redondos, claros y pequeños, su pelo lucía desordenado y ensortijado, parecía mirarlo, ¿lo estaba observando a él?

Terminó su cerveza, pagó y salió a la noche de nuevo, desde el cartel, otra vez la chica le recomendaba sus medias, mirándolo provocativamente, «cuanto hace que no me miran así», pensó con ironía.

Por fin en su departamento, se tomó una copa de coñac de dos sorbos y se acostó, estaba cansado, había sido un día largo. De inmediato, comenzó a soñar. Estaba sentado en un valle en medio de una frondosa vegetación, era de noche, el cielo cubierto de estrellas que parecían titilar al compás de una sinfonía, algunas nubes pasaban, parecían estar paseando bajo ellas.

De repente, pasó por el firmamento, a la misma altura de las nubes, una especie de ángel, miró mejor y no, no lo era, era una mujer, vestida con un vestido largo color verde pastel y un peinado de los años veinte, quedó hipnotizado al ver esa figura, que plácidamente flotaba con una sonrisa en sus labios, la saludó, pero la chica ni lo miró, las nubes siguieron pasando, el quedó impactado con esa aparición, la chica lucía una sonrisa de felicidad que lo subyugó.

La mañana llegó y ese día si se levantó contento, el sueño había sido agradable, cuando pasó frente al cartel luminoso, estaba apagado, la chica de las medias parecía dormir, «se lo merece, ha trabajado toda la noche», pensó con ironía.

Pero esa noche no fue exactamente lo que se dice un sueño reparador, apenas cerró los ojos, las imágenes fueron terribles, vidrios rotos, incendios, gente herida y uniformes que corrían de un lado al otro, es decir un caos total, el racismo y la violencia en su grado extremo, quería escapar de esas atrocidades pero le era imposible escapar del sueño, en un momento, vio entre la multitud que trataba de escapar a un hombre de pelo ensortijado, era la cara del pintor, mucho más joven, que observaba todo con espanto en sus ojillos claros.

Por fin escapó del sueño, hoy sería un día triste y largo.

Esa mañana despertó muy temprano, un extraño resplandor cubría la aún dormida ciudad, era París, la ciudad luz, aunque esa mañana no era la misma de todos los días, se acercó a la antigua ventana de su departamento y observó la ciudad, junto a un extraño gato con rostro humano, le pareció que no era la misma, su diseño parecía ser otro, como si hubieran ubicado las calles y los viejos edificios bajo otro patrón, a lo lejos la torre Eiffel, se destacaba en el cielo y oh sorpresa, a un costado de ella se veía una persona vestida de amarillo, flotar en el aire, tocando alguna melodía en un violín, la figura se elevaba o descendía al parecer según el ritmo del músico, con sorpresa vio que los vidrios del ventanal cambiaban de color, de todas maneras eran traslúcidos. Se frotó sus ojos y volvió a mirar, allí seguía París, sus diagonales y rectas variaban la perspectiva de la ciudad y al músico flotando y bailando alrededor de la emblemática torre; se le ocurrió reflexionar, la composición de líneas fuera del ventanal era una excelente composición y enmarcaba perfecta a través de este, un tanto extrañado miraba como un paracaidista bajaba lentamente aferrado a su paracaídas, lo hacía desde un cielo rojo, parecía teñido de sangre. Se alistó para salir a esta, su antigua ciudad, pero cambiada por alguna persona que la había estado viviendo y había decidido dibujarla de ese modo, era su punto de vista.

Cuando salió a la calle, angosta y de pulidos adoquines en sus calles, por la transversal apareció una pareja de enamorados que a esa hora de la mañana se detuvieron y besaron con cariño, antes de seguir su camino, lo único que llamaba la atención era que lo hicieron flotando a unos tres metros de altura. Allí se le ocurrió reflexionar ¿por qué veía las cosas de ese modo?, quizás sería por la pureza de esos sentimientos lo que los elevaban, ya que el resto de la gente que circulaba, seria y metida en sus cosas, lo hacía normalmente por las angostas veredas.

Esa tarde, apenas se libró de su trabajo, decidió ir a visitar la exposición del pintor de pelo ensortijado que lo miraba desde el cartel de su compañera, la de las medias y piernas perfectas.

Apenas entró a la exposición, comenzó a deleitarse con sus obras, al ver esos personajes etéreos que, en casi la mayoría de los cuadros se paseaban libres por los cielos de extraños colores, rojos inclusive, se dio cuenta que esas pinturas eran las de sus sueños. No se explicaba como esas pinturas participaban con total independencia dentro de su mente, era inexplicable, allí se dio cuenta que le narraban historias bellas de amor y algunas premonitorias imágenes de guerra que sucedían al mismo tiempo que las habían pintado.

Lo tocaban emocionalmente, ya que el pintor era originario de países que, en el momento de pintar esas escenas, el pueblo resistía mientras sufría una invasión por parte de las fuerzas Nazis, que en su atropellado avance robaba las piezas de arte auténtico, el pintor en algunas de ellas representaba la defensa de sus tradiciones (judías) y las de los católicos de su pueblo natal, las cuales tampoco olvidaba.

Pasó horas viendo esos cuadros, allí se dio cuenta que siempre los había soñado, no entendía cuál era el motivo de que esas pinturas estuviesen dentro de él.

Se fue caminando por esas calles invadidas de luz, los resplandores rojizos del cielo, llamaba su atención, pero no le encontraba explicación, se detuvo a observar las nubes y una pareja de novios pasó deslizándose por debajo de ellas, abrazados y enamorados, evidentemente el cielo era de ellos ya no le llamaba la atención, esos personajes etéreos y los cambios en el paisaje en cada esquina que doblaba, estaban siendo normales para él; tenía la impresión de ya pertenecer a ese nuevo y extraño mundo, donde en cualquier esquina que uno doblara, se encontrase con un violinista callejero de color verde, tocando un viejo violín de extrañas formas e iluminado desde arriba por una luz amarillenta, que parecía dotarlo de toda la energía necesaria, con la que sacaba las notas únicas que deleitaban sus oídos.

Se decidió ir al taller del pintor, se preguntó cómo sabía la dirección de su taller, «alguien me la habrá proporcionado» pensó para sacarse esa pregunta de la cabeza.

No fue fácil encontrar el taller, nadie lo conocía en el barrio, por fin una joven le indicó unas escaleras, las subió con cuidado, era vieja y oscura, sus peldaños de madera se doblaban cuando uno los pisaba, produciendo ancestrales chirridos.

Al final de ellas, una pequeña puerta, igual de vieja, cerraba el camino, golpeó la arruinada madera y de inmediato alguien la entreabrió, dos ojillos lo miraban detrás de ella, con una sonrisa preguntó por el pintor, no recordaba su nombre, —lo había leído distraídamente en algún lado—.

El hombre se tomó un minuto para responder, por fin le franqueó el paso, detrás de esa puerta, a simple vista se veía otro mundo, deslumbrado por la luz brillante que fluía desde grandes ventanales, vio objetos volando, primero pensó en pájaros, pero no, no lo eran, de todas maneras, no se preocupó, ya los conocía, eran los personajes que había visto en los cuadros de la exposición. Se alegró de estar en ese lugar, era un poco como el nacimiento de todo ese mundo en el que había estado sumergido esos días y lo más extraño, era que se sentía integrante de ese lugar, el pintor con un gesto amistoso lo invitó a sentarse en una vieja silla de inquietante perspectiva, pudo hacerlo de todos modos, el pintor siguió pintando después de recibirlo, como si hubiera sido lo más natural del mundo.

Allí sentado, fue entendiendo las circunstancias extrañas de esos últimos días, este era el mundo que desde su ventana iba cambiando su paisaje y sus colores, se dio cuenta que ese cuarto, no era el taller del pintor, o quizás sí, se sentía algo confundido, pero al observar el movimiento a su alrededor, parecía una máquina que iba seleccionando los objetos que volaban por toda la habitación, se dio cuenta cuando el pintor trabajando en la tela comenzó a pintar a un señor de cara verde y un largo abrigo de color ocre, ese personaje volaba por el cuarto y de inmediato se colocó encima del dibujo completándolo con su bombín algo manchado, el pintor en ese momento sonrió satisfecho, por el resultado, cambió el color rosado, por uno más fuerte, de una ventana en el edificio gris a la izquierda del cuadro, notó que el cuarto se oscurecía algo, todo lo que el pintor cambiaba o incorporaba al cuadro, transformaba los lugares o los personajes, aunque a todos se los veía felices, parecía ser que ellos volaban al haber encontrado la felicidad perfecta.

Lo que más le extrañaba era que el pintor solo lo miraba para cerciorarse que seguía allí, mirando el cuadro se dio cuenta que había pintado la calle y el bar donde él se sentaba a mirar el cartel publicitario y o sorpresa, vio a la chica de las medias sonreírle, estaba allí, pero no dentro del cartel, flotaba graciosamente delante de el con sus largas y bellas piernas y para más sorpresa, vio el bar y dentro de él, sentado en la mesa de la vidriera a un señor muy parecido al que parecía hipnotizado mirando el espectáculo de esa belleza, sintió transportarse a esa mesa y estar sosegado mirándola, sabía lo que sucedería, la observaría por toda la eternidad, el pintor los había elegido para que ambos transmitan su magia, el uno hacia el otro.

Mientras lo hacía y aprovechando que el pintor estaba retocando su cuello con un toque de ocre, comenzó a atar cabos sueltos, él sabía que luego de algunos minutos, en que la chica publicitaba las medias, aparecería en la pantalla la cara del pintor, esos ojillos tenían el poder de ver el mundo de otra manera, con ellos había visto atrocidades en sus años jóvenes, había transitado la gran guerra y por su origen judío había tenido que escapar continuamente, siempre tratando de encontrar la felicidad en algún lugar, se dio cuenta cuando el pintor había abierto un inmenso y viejo baúl en la habitación y allí se escucharon explosiones gritos y algún personaje tratando de escapar de entre las llamas. Lo cerró rápidamente, no quería en lo posible abrirlo nunca, allí guardaba sus recuerdos infames, había logrado encerrarlos allí, y muy de vez en cuando acudía por algo a ese baúl de recuerdos.

Pronto una luz comenzó a titilar en su cerebro, estaba en un lugar impensado, todavía no lo tenía muy en claro, pero recordaba esa mirada que el pintor le había echado desde el cartel publicitario, había sido como si él hubiese captado la escena cuando lo miró sentado, mirando el mágico cartel, allí lo había incorporado a su centro de creación. Era una idea loca pero no descabellada y todos esos personajes alborotando ese cuarto, en el que también estaba, eran como un depósito de ideas, él era uno de esos personajes, en realidad el pintor no estaba allí... luego de pensar unos minutos para alejar la confusión comenzó a darse cuenta de donde estaba, no podía ser, pero sí lo era.

Estaba en la cabeza del pintor, era una de las ideas que tenía para sus cuadros, esos eran sus personajes, que iba capturando con su gran imaginación y guardándolos para su trabajo, sintió un escalofrío, pero al mismo tiempo orgullo de haber sido elegido para ese importante trabajo.

Debía averiguar el nombre de ese artista, después de todo gracias a él pasaría a la posteridad, es decir, ambos lo harían, él se sentía muy cómodo sentado en el bar, mirando a esa belleza de piernas largas, el color ocre con que había retocado su ropa le había caído muy bien.

Cuando despertó de esos pensamientos y todavía pensando que solo era un sueño, vio que el pintor estaba parado frente al cuadro con los brazos cruzados, parecía orgulloso, se dio vuelta y de su mesa de trabajo tomó un pincel fino, lo untó en un color verde oscuro que tenía en la paleta y con trazo firme escribió su firma, lo había terminado, estaba satisfecho.

La firma era importante en la parte derecha, abajo del cuadro, decía.

Marc Chagall

LA LUZ

Confieso que esto siempre fue una especie de carga para mi diario vivir, ir siempre por la calle y ver los colores que me saltan desde lo alto de una pared o se me arrojan desde un mural o un grafiti que me grita desde una pared, me hacen caminar agazapado, esperando algún ataque de una nueva tonalidad.

No sé si este extraño efecto de los colores sobre mí, me hicieron ser el pintor que ahora soy, de todas maneras los colores son mi vida, cuando estoy frente a una de mis pinturas, en el momento de crearla, creo que es el único momento en el que la paz me invade y soy feliz, debe ser porque es el único momento en el que soy yo el que utiliza los colores y administra la eterna magia de la luz, soy yo el que los creo y los coloco donde mi consideración me lo indica, ellos dejan de ser agresivos conmigo, allí si soy yo el que ordena, ellos deben esperar, callados a que solicite su intervención en la obra.

Soy un pintor de mediano éxito, claro que no entiendo cuál es el motivo, quizás sea porque mi pintura es distinta a la de los demás, sin embargo, mi camino siempre fue el clásico, el que todos los pintores, famosos o fracasados siguieron, es la eterna pregunta de siempre, que cosa hace que un artista sea bueno regular o malo. No nos pondremos a disertar sobre el tema, es aburrido y quizás no valga la pena perder minutos en estas filosofías de bar, que desde hace siglos nos martirizan, pero queda bien tenerla presente, es una de las que o nos paralizan o nos azuzan a seguir en la búsqueda de nuestra identidad.

El rojo que estoy poniendo en mi pintura actual, fue mirado con extrañeza por un colega, me miró serio y me dijo —que color extraño, desvirtúa la paleta usada en el resto de la pintura, ese comentario me llevó más de media hora de parálisis, mirando de frente a mi pintura. Al final llegué a la conclusión, estaba bien, allí debía estar, era el lugar y el color correcto, quizás para el resto delas miradas no lo era, pero eso era lo que el color irradiaba, su mensaje llegaba a las personas que me interesaba llegar, misión cumplida.

Esto de mirar el mundo desde otro punto, es algo muy difícil, una persona normal, tiene toda la libertad y el derecho de equivocarse y corregir su mirada, pero uno que eternamente ve todo desde otro punto de vista, inclusive los colores y no corrige nada. Por empezar, no sabe para qué tiene que corregir ni por qué debe hacerlo si es su mundo normal así. Las pinturas, resultados de estas dudas y certezas, solo son ventanas a un mundo particular del que las creó, quizás de allí obtengamos algunas certidumbres de la estabilidad emocional de esa persona, no todos los pintores hacen sus obras de manera racional.

Después de todo, el mundo es más agradable e interesante por las diferencias, no por las similitudes, si fuera al revés, moriríamos todos jóvenes y nadie nos extrañaría ni se acordaría de uno, seria muerte por aburrimiento, por eso, loas a los que revolucionan a todos los estamentos sociales, son los personajes que nos mantienen vivos, en alerta continua, los que no, son los portadores de un virus terrible, los que aceptan la vida como viene y desde su comodidad critican para que las cosas no cambien. Olvido para ellos y sin perdón.

Por eso, estas pocas palabras para los artistas, vivan en sus sueños y un grito de apoyo y solidaridad, ¡despierta! si, sigan con sus mundos paralelos, grítennos al oído, llénennos de colores estamos aquí para devorarnos la vida, no solo para durar esperando la muerte.

Por eso creo que todos nuestros antepasados artistas, reconocidos o no, viven en la luz, en la que ilumina este mundo y lo nutre con su sabiduría y calidez.

4.- EL MUCHACHO DE LA DAGA

Era una noche terrible, los truenos presagiaban más problemas de los que ya había traído la tormenta, entrar en el primer bar que encontré fue la única solución que se me ocurrió, ya no tenía tiempo para otra solución, estaba lejos de mi casa.

El lugar, un tanto tenebroso, se encontraba lleno de parroquianos, estaba ubicado en un sótano, era como haber bajado al averno, se respiraba un aire denso, cargado de risotadas, insultos y olores, desagradables, raros para mí, sudor, tabaco y alcohol, los destellos de un rayo seguido de un explosivo trueno, allá en lo alto de la escalera, me terminaron de convencer, me dirigí a la poblada barra, donde personajes mal entrazados, bebían, noté que alguno de ellos más bien estaban apoyados en ella para no caer al suelo, la borrachera los tenía anulados, otros bebían en silencio y alguno conversaba con un compañero, otros pocos discutían entre sí.

Viendo ese poco edificante panorama, apenas vislumbré un hueco, me asomé al mundo del barman y le pedí una copa de vino, mi primera intención era la de tomar un café, pero me dio miedo de ser una mosca blanca en ese ambiente de alcohólicos, me llamó la atención la manera de vestir de la mayoría, nunca había visto a nadie vestido de ese modo en la calle. En fin, pensé, mientras miraba esa inmensa mancha, que en la semi penumbra del lugar me mostraba gente vulgar, mal vestida y borrachos en su mayoría, mi confusión iba en aumento, sentía la furia de la tormenta afuera, allá arriba y consideré que no era momento para retirarme.

Me di vuelta y le pedí al mal encarado barman otro vaso de vino, curiosamente servido en unos toscos recipientes de barro cocido, que no realzaban en lo absoluto el áspero sabor del vino, el hombre que estaba a mi lado, de espesa barba y tupidas cejas, me miró con los ojos bri-llosos de borracho y me sonrió, al parecer le había caído simpático.

Cuando fui a tomar un segundo trago de mi vaso, sentí una palmada en mi espalda, era mi vecino que con sus sacudones casi me hace volcar la copa, al instante escuché su carrasposa voz preguntándome si éramos amigos, previendo posibles problemas, le contesté afirmativamente, a continuación, me incitó a que le invite un trago, le hice una seña al barman para que le sirva a mi ocasional compañero una copa, a los pocos minutos me volvió a palmear la espalda, como si hubiéramos sellado nuestra amistad, , después de dejar la copa sobre la barra, me dijo señalando con el dedo su copa, que le invite otra, rápidamente saqué cuentas y vi que no disponía del dinero para invitarlo con otra.

Me pegó un cachetazo, que preferí tomarlo como afectuoso ya que no fue violento, le volví a repetir que ya no tenía dinero, allí fue cuando salió su furia y trató de pegarme, su borrachera no se lo permitió, pero de todas maneras me abrazó con violencia, más fuerte que su abrazo era su olor el que más me afectaba.

Por fin de reojo vi que un muchacho joven se levantaba de la mesa, donde conversaba a los gritos con otros más y se dirigió hacia mí, lo tomó al borracho por el cuello y lo depositó con violencia sobre la barra, luego me preguntó si me había hecho algo, le contesté que no y acto seguido me invitó a sentarme a su mesa.

Sus amigos me miraron desde su mundo alcohólico y siguieron con la discusión, al parecer era sobre alguna chica, por fin se subieron los tonos y dos de ellos se retaron a terminar la discusión afuera del local, yo pensé en no inmiscuirme, aunque no era mi ambiente y no sabía bien cómo moverme, todos se levantaron y fueron desfilando hacia la tenebrosa escalera, afuera, parecía que la tormenta ya había pasado, aunque reinaba la oscuridad y todavía caía una tupida llovizna, estaba muy oscuro, la oscuridad denotaba que se había cortado la energía, cosa muy usual después de semejante tormenta, nos dirigimos a un callejón cercano, el cual para mí fue una novedad, ya que nunca lo había visto, inmerso en la oscuridad y en medio de los charcos de agua, los dos personajes, ante mi espanto, sacaron tremendas dagas de su cintura, se veían al reflejo de la noche, muy peligrosas y sus azulinos reflejos acerados no presagiaban nada bueno.

Sus amigos formaron un círculo, mientras los dos duelistas entre nubes de alcohol se estudiaban agazapados con sus dagas en las manos, listas para atacar, yo, a esta altura no entendía lo que estaba pasando, nunca me había enterado por alguna noticia de un duelo de estas características, pensé que quizás el vino que me había servido el mal entrazado cantinero me había llevado a un estado en el que me imaginaba estos acontecimientos.

Luego de unos cuantos ataques fallidos, los contendientes se abrasaron y luego de forcejear, uno dio un paso atrás, mientras el otro quedó parado unos segundos, hasta que se comenzaron a aflojar sus piernas y fue cayendo lentamente, agarrándose el estómago de donde salía un fuerte chorro de sangre, por mi parte, el vino que había ingerido subía a mi boca, con gran esfuerzo lo volvía a mandar al estómago, mientras dos de sus amigos lo atendían, el muchacho que me había sacado de la barra, me tomó del brazo y me invitó a que lo acompañe, nos introdujimos en la oscuridad de la noche, caminamos por calles totalmente a oscuras y desconocidas para mí, subimos un estrecha escalera y terminamos en un lóbrego cuarto.

Con la luz de la mañana, me desperté, acostado en un sucio sillón en medio del cuarto, a un costado estaba mi amigo durmiendo sobre una vieja cama, en el otro extremo vi una puerta, me dirigí allí y sí, como lo imaginé era un baño viejísimo, no tenía inodoro, solo un agujero en el piso.

Cuando volví a la habitación mi compañero estaba sentado en la cama con su cabeza apoyada en sus manos, al parecer la resaca era muy fuerte.

Me llamó la atención una serie de pinturas, que decoraban las despintadas paredes, al parecer eran muy buenas reproducciones de pinturas famosas, con interesantes claro oscuros, me llamó la atención la importancia de la luz en todas ellas, de fuerte relación en sus composiciones con temática en la religión.

Luego de unos minutos, por fin reaccionó, me miró algunos instantes, como si no me recordara y por fin me habló, me tengo que ir me dijo con pastosa voz, comenzó a despegar todas las imágenes de las paredes y las enrolló todas juntas, vamos, me dijo y colgándose un morral del hombro me invitó a salir.

Salimos a una calle desconocida para mí, y seguimos por otras igualmente extrañas, mi confusión era total, no podía entender que pasaba, esta no era mi ciudad, de todas maneras, seguí detrás de mi extraño y reciente amigo, mirando a las personas que nos cruzábamos, vestían de modo extraño y las calles olían horrible, me daba la impresión que la gente acostumbraba a arrojar sus aguas negras en ellas. Por fin, llegamos a un edificio viejo, tenía hierbas entre los ladrillos de sus descascaradas paredes, amenazaba caerse en cualquier momento, inclusive me dio la impresión de tener cierta inclinación, de todas maneras entramos, en su interior se notaba más la inclinación, casi no tenía puertas y las que sobrevivían no cerraban debido a la falsa escuadra, por fin entramos a un salón de regular tamaño y grandes ventanales, que daban a un descuidado jardín interior de pastos y otras plantas crecidas sin cuidado. Allí en un rincón, una desvencijada mesa que hacía juego con el edificio, estaba cubierta de papeles con bocetos sin terminar y cuencos con pinturas, algunas recién preparadas y otros con restos resecos de diferentes colores, no hizo falta nada más, para darme cuenta que el hombre era pintor.

Luego de recoger algunas cosas que guardó en su morral, me manifestó que debía viajar al sur, —la justicia me busca por una pelea que tuve, por eso debo apurarme antes que me encuentren—.

Yo me pregunté cuál sería el sur al que se dirigía, ya que no tenía idea de donde estábamos, yo solo había bajado esa escalera al oscuro bar en esa noche de tormenta y ahora me daba la impresión que estaba en otra época y en otro país.

Me pidió que lo acompañara, me dio un pequeño atado de ropa y me indicó que lo siguiera, otra vez en esas extrañas calles, fuimos a un imponente edificio, frente a una larga plaza, me indicó que lo espere allí, el entró apurado y poco después salió contando unas monedas y guardándolas en una pequeña bolsa de cuero que colgaba de su cintura —vamos— me dijo imperativo, después de caminar unas veinte cuadras, ya en las afueras de la ciudad, subimos a un carruaje, íbamos al sur, él se quedó dormido de inmediato, mientras yo me preguntaba qué estaba haciendo allí, por fin en un mínimo pueblo donde pararon a cambiar los cansados caballos, bajamos y fuimos en busca de un par de caballos, según lo que me explicó no podíamos seguir en el carruaje, los soldados podían pararlo y encontrarlo, yo me preguntaba que habría hecho para escapar de esa manera.

Por fin con mis huesos doloridos y mis ojos colapsando de cansancio, de noche cerrada, llegamos a una ciudad a orillas del mar, al parecer era nuestro destino, era el tan ansiado sur.

Nos recibieron en una bella casa de enorme terraza, con grandes macetas repletas de flores y una vista impresionante a la bahía donde estaba ubicada la ciudad, según mi amigo era la casa de su primo, de inmediato los sirvientes nos guiaron a un cuarto donde dormiríamos, a los pocos minutos, por ese día mi vida se apagó.

A la mañana, recién mi amigo se presentó y me dijo su nombre, Michelángelo, me dijo, Michelángelo Merisi, ese día por fin supe cuál era la ciudad del sur que tanto buscaba mi amigo, era Nápoles, pero que hacía yo en Nápoles y en otra época, acompañado por este irascible muchacho, pintor y pendenciero.

Esa tarde fuimos a la casa del obispo de la ciudad, le había encargado una pintura para una iglesia y fue a escuchar las exigencias de los religiosos, ese día le dieron un adelanto, por lo que cuando salió de esa larga reunión me invitó a comer a una de las tantas cantinas, allí el vino corrió más que la comida. Finalizamos, cuando lo tuve que sacar, casi a la fuerza, pues mi amigo se había enfrascado en una discusión con otro borracho y a punto estaban de irse a las manos, mi preocupación era la daga que mi amigo lucía con orgullo en su cintura.

Luego de este incidente, Michelángelo, alquiló una espaciosa casa en las afueras de la ciudad, allí nos mudamos y vivimos diez días de paz, el preparó un gran lienzo y durante esos días dibujó y pintó sin parar, casi no nos vimos, terminó en ese tiempo una exquisita pintura, era el encargo que le habían hecho los religiosos, había utilizado como modelo a algunos muchachos de los alrededores, gente simple e incultos, inclusive ante mi espanto observé algunos manoseos de su parte, situación por la que decidí encerrarme en una de las tantas habitaciones de la casa, notaba que terminado el día de trabajo, alguno de los jóvenes se quedaban y las borracheras y orgías duraban hasta entrada la madrugada, así no demoró mucho en gastarse el dinero del adelanto.

Un día soleado me comunicó que iríamos a entregar la pintura, ya estaba terminada y necesitaba dinero, al parecer los religiosos estuvieron conformes, le hicieron otros encargos y le dieron otro adelanto, por supuesto corrió a la cantina más cercana a emborracharse, donde fui testigo de una feroz pelea de daga en mano y en la que hirió de consideración a su contrincante, suficiente para mí, en ese momento tomé la decisión de tomar otro rumbo, Michelángelo hacia una semana que estaba borracho y todos los días era una pelea a muerte con alguien, su carácter cada vez era más violento y por cualquier cosa encontraba motivo para pelear. Debido a los antros que frecuentaba, sus amistades eran gente de no fiar, todos tan alcohólicos y pendencieros como él.

Una noche en que íbamos caminando a la casa de su primo, le comuniqué mi deseo de volver a mi lugar de origen, me miró fijo, era la misma mirada que tenía cuando se enfrentaba a alguien, luego sonrió y palmeándome la espalda, me indicó una cantina, su entrada era un lóbrego hueco donde nacía una escalera de piedra que bajaba y se perdía en la oscuridad, bajamos por ella y a la mitad de ella me encontré solo. Seguí descendiendo, hasta que desemboqué en el misterioso bar, donde esta insólita aventura había comenzado, lo reconocí por el cantinero de cara de pocos amigos, frente a mí vi una escalera que subía iluminada por una luz natural blanca.

Al final de ella, por fin vi mi ciudad, la gente vestida como yo y hablaban mi idioma, me paré al fin de la escalera unos minutos con el fin de ubicarme, por fin lo hice y me dirigí a mi departamento, debía descansar y recapacitar sobre este acontecimiento que acababa de vivir, nubes cargadas de agua, negras como las de ese extraño día se acercaban, apuré el paso, no quería que esa lluvia me toque y ni pensaba en volver al misterioso bar para guarecerme.

Algunos años después, viajé de vacaciones a visitar a un amigo, vivía al interior del país, en un pequeño pueblo de gente sencilla que vivían de lo que cosechaban, un pueblo rural, yo después de mi aventura inexplicable, que a estas alturas más me parecía un sueño, me había interesado por las artes plásticas y asistí a algunos cursos básicos de historia del arte, eso no hizo más que despertar mi curiosidad. Sin saber cómo, había vivido una época en el pasado no tan cercano, y había hecho amistad con un pintor, ese joven pendenciero borracho y frecuentador de los bajos fondos de esas épocas, en la eterna Roma y en la Nápoles de la magnífica bahía, demás está decir que esa extraña experiencia marcó mi vida. Por otra parte, una vez que elaboré todo ese acontecimiento y traté de volver al lugar y época de la historia, por más que busque pregunté e investigué, no pude encontrar el subterráneo bar de los alcohólicos concurrentes y el rostro fiero del barman, era como si una historia se hubiese cerrado detrás de mí.

Pero no, yo no la había cerrado, me confundió, por eso traté de olvidarla, pero como hacerlo si ya me había dado cuenta que no había sido un sueño, ahora tenía una gran duda, mi amigo, el pintor de esa época, era realmente de esa época, o había emprendido un viaje al pasado junto a mí, era difícil, sospechaba que moriría con esa duda. Pero sabía que había algo detrás de ese episodio de mi vida, lo que no sabía era porque había sido yo el elegido para vivirlo.

Todas estas ideas no dejaban de rondar mi cabeza ante la ausencia de respuestas, sabía que nada es porque si, un motivo habría, pero me correspondía a mi descubrir cuáles eran ellos.

Como les conté antes, ese año se me ocurrió pasar mis vacaciones con mi amigo en un pueblito del interior del país. Después de unos días en él, ya conocía a casi todos los habitantes, allí las verduras se compraban directamente en la chacra, la carne en lo de don Arturo que todos los miércoles carneaba y la carne de cerdo y embutidos donde doña Eloísa que todos los domingos mataba un cerdo de su chiquero, para mí, todas esas costumbres eran como volver algo a nuestras raíces.

Una mañana mi amigo me pidió que por favor comprase huevos en lo de doña Adela, una simpática señora que pese a vivir desde hacía más de cincuenta años en el país, todavía hablaba con el inconfundible acento del centro de Italia, había venido con sus padres cuando todavía era una niña y toda su vida había vivido en esa misma chacra que su padre con grandes sacrificios había comprado y mejorado. Ahora era de ella, donde criaba una buena cantidad de gallinas y pollos, que le permitían vivir con algo de tranquilidad, quedaba a unos quinientos metros de la casa de mi amigo.

Cuando llegué estaba trabajando en su prolija huerta en el frente de su casa, me saludó con su desdentada sonrisa y me hizo pasar, me invitó a acompañarla a un pequeño cuarto donde guardaba los huevos recogidos ese día, la casa era pequeña y sumamente limpia, pasamos una sala de regulares medidas que estaba en semi penumbra a esa hora de la tarde, sería por el calor veraniego, de allí una puerta nos comunicó con una cocina amplia y resplandeciente de luz, también impecable, salimos al patio recién barrido y regado, con una deliciosa sombra dada por un antiguo algarrobo, luego estaba el cuarto donde se apilaban varios cajones con huevos, al fondo del terreno se adivinaban dos grandes gallineros, en ese momento un joven estaba limpiando uno de ellos, la señora Adela tomó las dos docenas de huevos que le pedí y los puso en un cuenco, me dijo que en la sala me los envolvería, regresamos, ya en la sala abrió una ventana para que entre la luz.

Mi primera reacción fue quedarme paralizado, la señora se dio cuenta, —era de mi padre— me dijo mirándome extrañada.

Allí en medio de la pared, iluminando el ambiente con la fuerza de su composición y la maestría de sus claroscuros una de las pinturas del barroco me miraba, o, mejor dicho, yo la miraba hipnotizado, esa pintura era una de las que colgaba de la pared de mi amigo, el pendenciero, el pintor al que acompañé a la inigualable Nápoles, estaba seguro era esa.

La señora, mientras envolvía los huevos me contó que esa pintura fue una de las pocas cosas que trajo su padre desde su Italia natal, por lo que sabía siempre había estado en la familia, había escuchado que un antepasado, que había sido religioso, había sido el primer dueño, luego fue pasando de generación en generación, hasta que allí estaba, ella sentía que su padre la miraba cuando ella la observaba. Razón por la que no quería desprenderse de ella.

Me acerqué con el permiso de ella y la observé más de cerca, no era una reproducción era una pintura real y muy antigua, lo demostraban algunas grietas en algunos colores empastados, la firma estaba ilegible, solo se notaba una letra muy débil, parecía una g, pero no estaba seguro, maldije no haber traído mis libros de arte, pero esa imagen me hacía sospechar de algo muy grande, le manifesté a la señora si podía volver con un señor para mostrarle la pintura, ella me miró extrañada antes de darme su consentimiento.

De inmediato llamé a mi ciudad a uno de mis profesores y le narré mis sospechas, me dijo que en dos días vendría con un especialista en arte barroco de una de las galerías más importantes.

Esa noche, los huevos que cenamos con mi amigo, tenían un gusto extraño, mi amigo dijo que era por el alimento que daba a las gallinas, a mí me parecía que era el gusto que debía tener el oro.

Si mi sospecha se hacía realidad, ese cuadro sería un original de mi amigo de otra época, que de paso confirmaría que ese episodio, no había sido un sueño.

Pasados tres días, llegó mi profesor con el experto en arte barroco, de inmediato me pidieron ir a ver la obra, mi amigo que mantenía una buena relación con la señora Adela, la fue a visitar, una hora después volvió comunicándonos que podíamos ir, ella sabía que íbamos a ver el cuadro de su padre y del que adelantó no querer separarse.

Nos recibió con una nerviosa y recelosa sonrisa, de inmediato nos hizo pasar a su sala, el entendido, casi con desesperación se dirigió a la pintura, la miró con detenimiento, a continuación pidió si podía abrir la ventana, necesitaba más luz, continuó observando la obra minuciosamente, nervioso le pidió permiso para descolgarlo, lo hizo con cuidado y lo llevó cerca de la ventana, donde lo observó minuciosamente con una potente lupa, en una Tablet traía el registro de las firmas de varios pintores, claro que en este caso, casi no se leía la firma. Luego de esto, imprevistamente, con mucho cuidado, volvió a colgar la pintura en el oxidado clavo que la sostenía hacía años.

Volvimos a la casa de mi amigo, disfrutando el clima y esas calles de tierra que nos paseaban por el paisaje rural, mi amigo nos esperaba con un irresistible asado, bien regado por un par de botellas de vino de la zona.

En la aletargada sobremesa, todavía saboreando los sabores agresivos de semejantes manjares, surgió la conversación sobre lo que nos reunía en esta ocasión, el entendido, confesó que realmente era una pintura original y muy vieja, para más datos habría que hacer un examen para saber la constitución de la pintura, de acuerdo a esos resultados, sabríamos la antigüedad, luego les conté mi experiencia de hacía unos años en esa noche de tormenta y todo lo acontecido luego.

Por sus caras, supuse que no los convencía mi relato, incluso me manifestaron que a veces uno tenía sueños que al despertarse no sabía discernir entre la fantasía y lo real, eso yo ya lo sabía, pero no era este el caso, yo sabía que me había sucedido en un momento en el que estaba despierto y en uso de todas mis facultades, el hecho de que no supiera como me había ocurrido, no quería decir que fuese un sueño.

El entendido preguntó si al otro día podríamos ver nuevamente la pintura, más tarde, en la destartalada camioneta de mi amigo, los acompañamos a buscar un cuarto en el único y modesto hotel de la zona, allí se instalaron y quedamos en pasar a buscarlos al otro día.

Temprano pasamos por ellos y después de un suculento desayuno pueblerino, fuimos a ver nuevamente la pintura de las luces y sombras inconfundibles.

Esta vez el especialista, hizo un examen minucioso de la obra, por fin, casi al borde de las lágrimas, me preguntó cuál era el nombre del pintor que había aparecido, según él, en mi sueño, se lo repetí, cosa que lo emocionó más, al parecer lo conocía.

Para abreviar, unos días después que el entendido revisara por segunda vez la pintura, llamó a la señora Adela para preguntarle si le incomodaría recibirlo de nuevo con algunas otras personas que revisarían el cuadro, le adelantó que le pagarían algo por la molestia y si el cuadro era de quien sospechaban, se haría millonaria, cosa que a la señora no la motivaba, ella siempre había vivido una vida austera y su horizonte eran las fronteras del pueblo en el que siempre había vivido.

Teniendo su aprobación, unos días después, en dos camionetas entraron al pueblo los especialistas y montaron un laboratorio en la casa de la humilde señora, sometieron al cuadro a innumerables pruebas, entre ellas pudieron identificar la casi invisible firma.

Por fin, con el permiso de la señora y pagándole una buena suma como le habían prometido, se llevaron el cuadro.

Poco tiempo después la pintura se subastó y viajó a Europa donde residía su nuevo dueño, solo supe que era un museo el que lo había adquirido y por una llamada de mi amigo, me enteré que la señora Adela había recibido una millonaria cifra por el cuadro de su padre, lo que no le impidió seguir con sus gallinas y su venta de huevos.

Yo quedé intrigado de cuál fue el valor de la pintura, pero con un escalofrío, me enteré del segundo apellido de mi amigo, él me había dicho que era Michelángelo Merisi, pero no me dijo el apellido por el cual era conocido, como el pintor que era.

Un día pasé como siempre lo hacía por el lugar donde había bajado a ese bar que nunca más pude hallar, pero ese día sí, allí estaba la puerta y alcancé a vislumbrar el primer escalón de la escalera que me había conducido al misterioso bar, vencí la tentación de bajar nuevamente, pero al pasar frente a la oscura entrada, vi subir a un hombre de cabellos descuidados, me pareció reconocer a mi amigo, el impredecible pintor italiano, lo confirmé cuando me saludó con una sonrisa, si estoy seguro, era el, mi amigo ***Michelángelo Merisi da Caravaggio.***

5.- EL ALTILLO

El torreón, así lo identificaba yo al pasar por ese lugar, — caminata ejercida con cierta frecuencia por mí —. Cada vez que lo hacía murmuraba, como diciéndome un secreto que solo yo debía escuchar, —por eso me susurraba al oído, — ¿quién vivirá allí? Era la pregunta recurrente.

El altillo se erguía enhiesto en la cúspide de un ennegrecido edificio antiguo, supuse bien que el paso de los años era el motivo de esa pátina que el clima y el incesante smog de los miles de apurados automóviles diarios pasando frente a él lo perjudicaban.

El edificio se encontraba en una esquina de un viejo y tradicional barrio de la ciudad, en su planta baja un amplio local albergaba una lujosa sastrería, que delataba su antigüedad con solo mirar sus vidrieras de antiguos maniquíes de madera vistiendo trajes de estricto corte clásico y camisas de telas europeas y asiáticas de anchas mangas y enhiestos cuellos, a su costado un local de menores dimensiones se situaba una tabaquería, así declamaba un exquisito y afiligranado cartel grabado en su vidriera, repleta de insumos para fumadores de elites, cada vez más escasos.

Me había prometido en una de mis conversaciones, en la que me contaba mis secretos visitar ese local, me llamaba la atención sus vidrieras y los muebles e instalaciones que se vislumbraban en medio de los reflejos de sus escaparates, proliferaban las maderas trabajadas y lustradas, impecables, con vitrinas de luminosos cristales tallados y terminaciones en formas artísticas en relucientes bronces.

Estas cosas me llamaban la atención y me decían de la habilidad y creatividad de nuestros antiguos artesanos.

Una noche, ya tarde, — me había demorado en mi trabajo — pasé por allí distraído, metido en mis problemas y obligaciones, algo de repente me llamó la atención, una luz, si eran un par de ventanas iluminadas en el altillo, nunca había visto señales de alguien que viviera en ese lugar, yo lo descartaba y aparte yo lo consideraba una parte de mí, había tenido muchos sueños basados en vivir en él, ahora se me derrumbaban, alguien vivía en él.

Los días siguieron pasaron monótonos, yo también lo hacía por ese otrora elegante edificio, nunca más volví a ver algún vestigio de vida en mi torreón, claro que pasaba temprano, todavía de día, a veces con el sol en lo alto, cuando lo hacía miraba esas ventanas a ver si descubría algún signo de vida, pero no, corroía mi curiosidad el saber quien vivía en ese maravilloso lugar, debería averiguarlo ese lugar estaba enquistado en mis sueños y no podía permitir que nadie los invadiese.

Debía averiguar quién disfrutaba de la vista de la ciudad desde ese magnífico lugar, claro que acotada, en la época de su construcción la ciudad mostraría su corazón sin tantos edificios enormes como los actuales.

Cuanto más miraba ese viejo edificio, más detalles descubría en su ajada fachada y que la pátina del tiempo se empeñaba en ocultar,

Por ejemplo, defendiendo el último piso, bajo una prominente cornisa se encontraban en posición de defensa, marciales guerreros de hirsutas barbas blandiendo temibles espadas y acorazados escudos, seguramente el arquitecto, cuya firma ilegible figuraba grabada bajo la cornisa del primer piso, fue inspirado por los valientes del paso de las Termópilas o algún otro ejército de algún antiguo imperio inmortal

La cuestión es que ajeno a mis obligaciones laborales y familiares, me fui interesando cada vez más en la historia de ese viejo monumento habitacional, eso era para mí esa oscura mole en una esquina por donde miles de personas pasaban sin mirarlo.

Por fin el día llegó, fue un día complicado en la oficina, hubo problemas con una rotura de cañerías y todo se trastocó, los jefes decidieron que nos retiráramos temprano, de inmediato lo decidí, visitaría la tabaquería, era una señal. Decidido e ilusionado caminé hacia el antiguo local.

Como un tonto enamorado, mientras me acercaba, sentía galopar mi corazón. Ya frente a la puerta de ingreso, me tomé unos segundos para admirarla, era una obra de arte, donde un gran marco de noble roble, sostenía un enorme cristal oval, bellamente grabado, con una guarda a su alrededor y la palabra tabaquería en medio, adornada con exquisita filigrana.

La empujé con temor y admiración, de inmediato me invadió el aroma del local con ese suave aroma achocolatado de las diversas variedades de tabacos. Después de admirar el exquisito moblaje, las altas vitrinas de impecables cristales, exhibiendo exóticas cajas de habanos de muchos países lejanos e implementos para exquisitos fumadores, me di cuenta de la presencia de un señor muy anciano elegantemente vestido con una clásica camisa blanca de amplias mangas recogidas con ligas en sus brazos y un brilloso chaleco de seda, esbozando una sonrisa y mirándome sobre sus pequeños lentes de gran aumento, esperaba que terminase mi arrobamiento observando su negocio, para saludarme.

Yo no fumo, nunca lo hice, pero ese aroma y ese entorno me incitaba a hacerlo, en ese momento agradecí no haber descubierto este local en mis años pasados, ahora sería un exquisito fumador, sin importarme el daño a mi cuerpo.

Arriba de las vitrinas quedaba una ancha franja de pared, hasta llegar al techo la pared estaba muy bien aprovechada, ya que habían colgado una serie de cuadros pintados al óleo, eran unos siete u ocho que recorrían todo el local, incluso una de las paredes laterales. Estaban enmarcados en exquisitos marcos que los resaltaban.

Miré cada uno de ellos, mi arrobamiento era total, en ese local todo se complementaba, los cuadros me parecían maravillosos, debían ser de un mismo pintor, se les notaba la personalidad del artista, sin ser yo un conocedor de pintura, no pude dejar de reconocer el talento en cada uno de ellos. Por fin el anciano se animó a saludarme y sacarme de mi arrobado momento.

—Buenos días caballero, le gustan mis cuadros, me dijo orgulloso con su voz educada y cansada.

—Maravillosos, le dije aún hipnotizado con el ambiente del lugar.

—Esos cuadros fueron pintados por un amigo de mi padre, tuve la suerte de conocerlo, ya murió hace mucho, yo era un niño cuando lo conocí, este negocio lo fundó mi abuelo y luego pasó a mi padre, el a veces me traía a pasar el día, por eso conocí a su amigo pintor, a veces me pasaba todo el día en su taller, eso era muy agradable para mí, pero por más que me gustaba mucho pintar, siempre me faltó esa chispa que tienen los verdaderos artistas, cuando murió le dijo que cuidara su obra, por eso, parte de ella está aquí, muchas se vendieron, varios museos tienen sus pinturas.

Perdóneme, con mi charla lo estoy aburriendo, quizás solo entró a comprar algún tabaco y yo lo estoy distra-yendo.

—No disculpe usted, yo no fumo y le pido otra vez disculpas, es que yo hace mucho tiempo paso por aquí y siempre me llamó la atención su negocio, ya no se ven estos locales con tanto gusto, hoy me decidí a entrar para conocerlo y realmente estoy encantado de haberlo hecho, estoy asombrado del buen gusto que hay aquí, lo felicito.

—Bueno muchas gracias, pero en realidad fue mi abuelo el que construyó este local, solo utilizó los cánones de decoración de esa época, ahora ya son otros, este ya es uno de los pocos que quedan, debe ser por eso que llama la atención.

—Perdón ¿le puedo hacer una pregunta?

—Si claro, como no.

—Me podría decir dónde puedo ver más obras de este pintor, me ha impactado.

El hombre no me contestó, desapareció tras una cortina de color borravino que seguramente escondía una puerta hacia la trastienda, pensé que había ido en busca de alguna tarjeta con la dirección que le había solicitado, pero no, a los pocos segundos volvió con una enorme llave en su mano, se la veía tan antigua como él.

Acompáñeme, me dijo con seguridad.

Cerró la puerta al salir a la vereda y caminamos hacia la puerta de entrada del edificio, donde también me detuve, el hall de entrada estaba lleno de mármoles, una escultura custodiaba una impresionante escalera también de mármoles por donde comenzamos a subir, me preocupé por el anciano, según me había dicho eran ocho pisos, le pregunté si no eran muchos para él, sí, me contestó, por eso no vengo casi nunca, pero créame que vale la pena.

Con varias paradas para que el anciano recupere fuerzas, por fin llegamos, o eso creí.

—Ahora debemos subir un piso más, a la terraza, por allí se entra al altillo, dijo ante mi sonrisa.

Por fin conocería mi torreón, no había pensado ese día en conocerlo. Con sus últimas fuerzas el anciano me condujo por una estrecha escalera y allí salimos a la terraza, donde corría un fuerte viento, a la derecha se encontraba el altillo, tenía dos pisos y se veía enorme, del tamaño de mis sueños, el hombre sacó la enorme llave y con algo de dificultad abrió la fuerte y descascarada puerta, era un solo ambiente grande y a oscuras, entró esquivando muebles y comenzó a abrir los enormes ventanales. La luz se hizo y comencé a descubrir un inmenso mundo nuevo para mí, sentía que el altillo no me iba a defraudar.

A la izquierda había una mesada y una cocina, evidenciaba ser una austera cocina, todo el mobiliario del lugar eran un par de sillas una mesa y un maltratado y antiquísimo juego de sillones, en medio del ambiente había un caballete de madera, sosteniendo una pintura a medio terminar, las paredes estaban cubiertas de cuadros, varias decenas de ellos amontonados contra la pared a un costado de uno de los ventanales, sin dudas, era el taller de un artista, yo estaba fascinado, estaba en el interior del torreón de mis sueños y por fin descubría quien vivía, o mejor dicho quien había vivido en él, no podía ser otro que un artista.

—Era muy amigo de mi padre, ya le conté que cuando era niño venía a pintar con él aquí mismo.

A veces, vienen de una galería de arte a pedirme algún cuadro nuevo para llevarse, me los pagan muy bien, o sea que cada cierto tiempo tengo que subir a buscar alguna obra, menos mal que todavía hay muchas, parecería que nunca se van a acabar.

Pensé en lo mucho que habría trabajado ese hombre para tener tal cantidad de pinturas, era asombroso.

Subimos por una desvencijada escalera de madera al piso superior, era una espaciosa habitación con un baño lóbrego y antiguo, una vieja cama era todo el mobiliario, junto con un enorme armatoste de madera, que ejercía las veces de ropero, me llamó la atención que la cama estuviese tendida e impecable, como si alguien la usara todas las noches. Allí también había pinturas amontonadas apoyadas a la pared.

Después de un buen tiempo observando esas maravillosas pinturas, bajamos, el anciano había cerrado su negocio para acompañarme y no quería ser descortés con él.

Una última mirada a las herramientas del pintor, me llevó a observar sus pinceles limpios y me pareció ver alguno algo húmedo, pero en fin mi imaginación en varios momentos me a llevado a a sacar conclusiones que después desaparecían con alguna explicación sencilla.

Me despedí del amable tabaquero y con la promesa de volver otro día me fui contento, por fin había conocido ese altillo, pero algo me decía que debía volver, se me ocurrió que la obsesión por él era un mensaje de que algo había allí para mí.

Pasaron los días y semanas también en las que seguí con mi rutina, a veces cruzaba la calle para pasar por la tabaquería, pero nunca entré, siempre veía al anciano alumbrado por las antiguas luces de su negocio, cuando me veía pasar me saludaba cordialmente, me prometí volver un día con el tiempo suficiente para tener una larga conversación con él.

*

Uno de los días en que pasé ya tarde, —el trabajo había aumentado y en los últimos días era frecuente salir más tarde de él—, una luz en los ventanales del altillo me volvió a llamar la atención, casi descarté que fuera el anciano cigarrero, no creía que se hubiera arriesgado a esas horas en subir, seguí el camino a mi hogar con la duda de quien estaría en el altillo a esas horas.

Dos o tres días después en los que volví a pasar tarde por el lugar, otra vez observé con cierta inquietud la luz de mi torreón encendida, era como si alguien se hubiera metido en mis sueños, pensé en eso y me decidí a no permitirlo, en ese momento vi a una anciana abriendo la puerta del edificio para entrar al edificio, sin dudarlo crucé la avenida corriendo y pude llegar a la puerta en el momento en que la señora cerraba la puerta, la empujé con suavidad y ante la extraña mirada de la señora entré, voy al quinto le dije con mi mejor sonrisa.

—¿A lo de los Sánchez Bonilla?, me dijo.

—Claro si, le respondí como si fuésemos viejos conocidos.

Subí las escaleras corriendo, pero justo en el quinto piso tuve que detenerme, a recuperar aire, así que aquí viven los Sánchez Bonilla pensé con una sonrisa, de todas maneras, debo seguir subiendo, lo hice, esta vez con más calma, todavía respiraba con dificultad.

Terminé de subir la última estrecha escalera, la noche era oscura allí arriba, el cielo estrellado y una suave brisa hacía agradable el lugar, miré hacia el altillo, la sombra de él confirmaba su presencia, una raya de luz a ras del suelo insinuaba la vieja puerta.

Me acerqué con algo de temor, no sabía lo que podía esperar cuando se abriese esa puerta, estaba a punto de arrepentirme y retirarme, pero ya lo había hecho, había golpeado esa vieja puerta de un lugar en el que no debería estar.

Se abrió de golpe, la intensa luz escapando de ese rectángulo me enceguecíó, en medio de ella se veía el perfil de una persona, no le veía la cara por el contraluz, balbuceando dije, buenas noches y no se me ocurrió nada más, estaba sorprendido, esperaba que nadie me abriese, según lo que me había contado el anciano nadie vivía allí.

Una voz áspera contestó mi saludo y me preguntó que deseaba, buena pregunta, yo no sabía lo que quería.

Por fin reaccioné y le conté a grandes rasgos el motivo de mi presencia, el hombre me escuchó en silencio, una ráfaga del frio aire me hizo sobresaltar, el hombre por fin me hizo pasar, no le dije que ya conocía el lugar, pensé que se podía enojar.

El hombre de larga y blanca barba, tenía unos

ojos grises con los que a uno lo taladraba, su pelo también era blanco y le llegaba a los hombros, vestía una camisa celeste y Jean, manchados de colores, supuse que era el autor de esos cuadros, este era su taller, me di cuenta que también sus dedos estaban manchados y la paleta apoyada sobre un taburete, mostraba el brillo de los colores frescos, no cabía dudas era el autor de esas pinturas, por lo menos de la que estaba sobre el caballete.

El hombre muy atento se dirigió a la cocina y sirvió dos tazas de café, aunque aparentemente era callado. Me caía bien, sin mirarme tomó la paleta y siguió pintando su obra, yo me dediqué a tomar el café y observarlo, se le notaba su oficio, era seguro en sus movimientos y unos minutos después dejó de nuevo la paleta y dándose vuelta en el taburete, me preguntó.

—Y bien mi amigo, dígame que es lo que quiere saber.

Otra vez me sorprendió con su manera directa de hablar.

Saber nada, solo como le explique antes subí porque me sorprendió ver luz en el altillo, ya le dije que este edificio me parece una obra de arte y me imaginé como sería vivir en este lugar, no es muy normal vivir en un altillo, son muy pocos los que hay en la ciudad y por lo que veo usted es uno de esos privilegiados.

El hombre movió la cabeza y dijo.

—Eso de privilegiado es discutible, casi nadie quiere vivir en un altillo, son incómodos, por eso el alquiler es muy barato, esa es la principal causa de vivir aquí.

—Si tiene razón, pero como le dije, era mi imaginación, de todas maneras me parece un privilegio vivir aquí, le contesté sintiéndome incómodo.

El hombre sonrió, y me preguntó si quería ver algunas de sus obras, asentí por supuesto.

Se dirigió a las muchas de ellas que se encontraban apoyadas una sobre otra a un lado del ventanal y comenzó a traerlas de dos en dos, las apoyaba en la pared libre y sobre los sillones, con un gesto me indicó que las vaya mirando, me sentía un crítico de arte, el problema era que yo no sabía de pintura, solo sabía cuál me gustaba y cual no, cuando todo el lugar disponible se llenó, se paró frente a mi cruzado de brazos y me miró seriamente algunos minutos, mientras yo miraba con cara de entendido todos sus cuadros, me llamaron la atención los paisajes, pero había algo que me inquietaba, no sabía que.

—Y bien que me dice, me importa su opinión, me dijo con autoridad.

—Me gustan sus paisajes, le dije sin dejar de sentir que algo no encajaba allí.

De repente me di cuenta, era como si esos paisajes, tanto los campestres como los urbanos no fueran de aquí, no parecían del continente americano, eso era lo que me intrigaba, se lo dije, el me miró fijo, parecía algo preocupado, o quizás solo me parecía a mí.

—Sí tiene razón, lo felicito, usted es el único que se dio cuenta, en efecto no son de aquí, aunque todos los pinté yo y nunca viajé a ningún lado, mi vida siempre transcurrió en esta ciudad y siempre pintando desde muy niño, mi padre me incentivó, él era amigo del pintor que vivía aquí, ya era muy viejito, pero alcancé a aprovechar sus clases unos tres o cuatro años, antes que falleciera, yo era muy niño, pero ese anciano transformó mi vida, dejó un testamento, donde me dejó este altillo y toda su obra, casi se puede decir que marcó el rumbo de mi vida, no me quedaba otra que ser pintor, gracias a la amistad de mi padre, al que usted conoce, si no, no hubiera subido hasta aquí.

Esa revelación me dejó helado, que me decía, ¿que el pintor era el hijo del anciano de la tabaquería?

—Creo que le debo contar la historia completa, así entiende, ¿le parece?, mejor tomemos otro café, mientras lo preparo siga mirando las pinturas.

Con ambos cafés sobre la desordenada mesa, hicimos un alto y nos sentamos, aparentemente la conversación sería larga, mientras afuera la noche avanzaba.

Con la mirada fija en un punto, parecía pensar por donde comenzar la historia, yo ni siquiera imaginaba lo que me contaría, solo pensaba que estaba sentado en este lugar que unos días atrás era producto de mis sueños, donde había imaginado cientos de historias sobre el mágico torreón, ahora seguramente me contaría una pequeña historia banal y mi torreón se desbarataría como un castillo de naipes.

Por fin carraspeando para aclarar la garganta, comenzó.

—Mire, en este altillo vivía, hace muchos años, no sé cuántos, pero mi padre era un niño, así que imagine la época, un hombre, era un artista, europeo, nunca supe de qué país era originario, yo era muy chico cuando lo conocí y como le conté, al poco tiempo murió, era un excelente pintor, amigo de todos los grandes pintores de principio de siglo, en Europa creo que era conocido pese a su juventud y se lo veía como una de las grandes promesas del arte, cuando estalló la primera guerra mundial, fue enlistado y luego de un corto entrenamiento, fue enviado al frente, a punto de enloquecer por las imágenes que vio atormentado ya que era un hombre sensible, apenas tuvo la oportunidad, desertó.

Después de un par de años de vagabundear por el mundo, vino a parar por estos lados, no sé cómo habrán sido esos primeros años en esta ciudad, pero por lo visto se asentó en este altillo, que años después pudo comprar, allí fue cuando mi padre siendo un niño lo conoció y tomó algunas clases de pintura, pero al parecer no le vio talento y poco después mi abuelo decidió no mandarlo más, con seguridad mi abuelo y el artista habrán tenido una conversación sobre el tema.

Hasta aquí no veía nada raro en esta historia, era igual a la de tantos inmigrantes escapados de las distintas conflagraciones mundiales.

El hombre tomó un sorbo de café y continuó con su relato.

—Cuando el hombre murió yo era chico apenas un niño, mi padre creo que era su único amigo y según supe, era una especie de conexión entre una galería de arte y el, al parecer mi padre conocía al dueño de la galería que venía a comprar sus cigarros a mi padre, un día vio unos cuadros que el pintor le había prestado a mi padre para decorar el negocio y se interesó, desde ese momento el hombre venía cada cierto tiempo y se llevaba alguno de ellos, pagándolos muy bien, el pintor le daba un porcentaje de las ventas a mi padre.

Un día mi padre subió y lo encontró muerto, el enigmático pintor encerrado en su mundo, acá, en este altillo, ya estaba muy viejito, pero había pintado tal cantidad de cuadros que mi padre siguió subiendo al altillo a buscar pinturas y las siguió vendiendo al galerista, años después, saliendo de mi adolescencia, me enteré que el pintor me había dejado su legado, claro que sus pinturas habían disminuido considerablemente, mi padre continuaba vendiéndolas muy bien y con eso mantenía su negocio que estancado en el tiempo disminuía sus ventas.

Ahora lo sigue haciendo, él no sabe que ya las pinturas de su amigo pintor se terminaron, yo como buen alumno de él, sigo pintando cuadros y los firmo con su nombre, él ya está muy viejito y sube muy esporádicamente por aquí, de vez en cuando le bajo alguna pintura, el cree que son de su amigo, también los descendientes de los viejos dueños de la galería, sospecho que ellos se imaginan de todas estas artimañas, pero nadie dice nada, a todos nos conviene que siga el negocio, yo vivo de mis pinturas, con la firma del viejo pintor, ya renuncié a hacerme famoso, me consuelo pensando que de alguna manera lo soy, esta profesión es muy difícil, somos pocos los que vivimos de ella y mi padre sigue manteniendo su querido negocio familiar, me pregunto qué haré con el cuándo mi padre ya no esté, pues de alguna manera es el que vende las pinturas, en fin cuando llegue el momento veré que hago.

A veces me pregunto qué pensará mi viejo maestro, —esté donde esté—, de todo esto, quizás no le guste que yo utilice su fama, —de todas maneras, siempre será suya— pero no lo hago por mí, casi le diría que lo hago por él y por mi padre, además, lo único que se hacer en esta vida es pintar. Todos los días cuando despierto, me prometo ser yo, pero es muy difícil, hace muchos años que transito el camino de mi maestro.

Así, de esta manera, mis sueños se rompieron y ya no vi tan románticamente mi torreón, ahora vería el enorme edificio como algo viejo y oscuro, solo sería una sombra en esa concurrida esquina.

Mi caminata, a la salida del trabajo ya no sería tan entretenida.

www.ingramcontent.com/pod-product-compliance
Lightning Source LLC
La Vergne TN
LVHW052030170826
845678LV00018B/2478

9798843746490